AF322537

Vente du Vendredi 28 Novembre 1879

HOTEL DROUOT, SALLE N° 1

AYANT LIEU POUR PARTIE

Par suite de Décès

JOLIE COLLECTION

D'ANCIENNES

FAIENCES FRANÇAISES

BIJOUX — OBJETS VARIÉS

BRONZES — MEUBLES — ÉTOFFES

TAPISSERIES

EXPOSITION PUBLIQUE

Le Jeudi 27 Novembre 1879

COMMISSAIRE-PRISEUR
M° Charles PILLET
10, rue de la Grange-Batelière.

EXPERT
M. Charles MANNHEIM
7, rue Saint-Georges.

CATALOGUE

D'UNE JOLIE COLLECTION

D'ANCIENNES ET BELLES

FAIENCES FRANÇAISES

DES FABRIQUES DE

Marseille, Moustiers et autres, parmi lesquelles un beau Plat

fait à Marseille, chez F. Viry, 1681;

Quelques porcelaines de Saxe; Jolies Pendules du temps de Louis XVI;

Bijoux et objets variés; Meubles; Bronzes;

TAPISSERIES

Belle Tenture brodée du temps de la Régence.

ÉTOFFES

DONT LA VENTE AURA LIEU

POUR PARTIE

Par suite de Décès

HOTEL DROUOT, SALLE N° 1

Le Vendredi 28 Novembre 1879

A DEUX HEURES

Par le ministère de M^e **CH. PILLET**, Commissaire-Priseur,
10, rue de la Grange-Batelière,

Assisté de **M. CH. MANNHEIM**, Expert, 7, rue Saint-Georges,

Chez lesquels se trouve le présent Catalogue.

EXPOSITION PUBLIQUE : le Jeudi 27 Novembre 1879

de une heure à cinq heures.

CONDITIONS DE LA VENTE

La vente se fait au comptant.

Les acquéreurs paieront *cinq pour cent* en sus des en-
chères applicables aux frais

L'exposition mettant le public à même de se rendre compte de
l'état des objets, il ne sera admis aucune réclamation une fois
l'adjudication prononcée.

Paris. — Typ. PILLET et DUMOULIN, 5, rue des Grands-Augustins.

DÉSIGNATION DES OBJETS

FAIENCES DE MARSEILLE

1 — Grand plat rond à riche décor bleu et manganèse dans le style des faïences de Nevers. Au centre, l'adoration des Rois Mages. Le marli à fond bleu est couvert d'une frise composée de rinceaux, de génies et d'animaux. Un cartouche placé au-dessous du sujet porte l'inscription suivante : *Fait à Marseille chez F. Viry*, 1681.

2 — Jardinière oblongue décor polychrome ; à l'extérieur paysages avec figures, à l'intérieur, guirlandes de fleurs et groupes de poissons.

3 — Deux petits seaux décor polychrome à fleurs.

4 — Cache-pot décoré de paysages avec figures, le tout en couleurs.

5 — Saucière et son plateau, décor polychrome à fleurs.

6 — Assiette décor polychrome à armoirie.

7 — Jolie assiette à bords festonnés, en ancienne faïence de Marseille, décor polychrome à paysage et à bordure dorée.

FAIENCES DE MOUSTIERS

8 — Grand et beau plat rond en ancienne faïence de Moustiers, décor bleu. Au centre, sujet de chasse à l'ours d'après Tempesta et ornements au marli.

9 — Beau plat rond à décor bleu. Au centre, armoiries; au marli, riche bordure de rinceaux, animaux et oiseaux.

10 — Beau plat ovale à décor bleu dans le goût de Bérain.

11 — Autre beau plat ovale à décor bleu. Au fond, singe assis jouant de la harpe. Au-dessus de la figure principale, des draperies retenues par un mufle de lion.

12 — Plat oblong à pans, décor bleu. Au fond, un large écusson armorié; au marli, dessins d'après Bérain.

13 — Plat oblong, décor bleu. Au fond, armoiries surmontées d'une couronne de comte.

14 — Plat oblong, décor bleu d'après Bérain.

15 — Coupe ovale, à décor dans le goût de Callot, en manganèse.

16 — Plat rond, décoré au fond d'un sujet en camaïeu jaune d'ocre et d'une bordure d'ornements polychromes.

17 — Deux plats ronds à contours décorés de sujets d'après Callot, en camaïeu jaune. Marque d'Olery Perrin.

18 — Très beau pot à eau et sa cuvette oblongue à riche décor polychrome, sujets mythologiques, guirlandes et fleurs. Monogramme P. F.

19 — Beau pot à eau et sa cuvette, de décor analogue.

20 — Plateau porte-tasse à galerie, décor jaune dans le goût de Bérain. Monogramme F.

21 — Plateau de même forme, décor bleu à bustes et ornements dans le goût de Bérain.

22 — Deux petits tableaux décorés de sujets de personnages en couleurs. Pièces rares.

23 — Cache-pot décor polychrome à guirlandes et ornements, et portant un écusson armorié.

24 — Sucrier en forme de vase à décor bleu, d'après Bérain.

25 — Cuvette à deux anses avec couvercle et plateau, décor bleu d'après Bérain.

26 — Deux petits plats oblongs, décor polychrome à blason.

27 — Tabatière ronde décor polychrome à médaillons, sujets mythologiques. Elle est garnie à l'extérieur en racine de buis.

28 — Petit plateau carré à quatre pieds, décor bleu à armoiries.

29 — Deux petits plats ronds et creux à bords festonnés, décor polychrome. Au centre, médaillon sujet mythologique, au pourtour, guirlandes de fleurs.

30 — Deux petits plats analogues à ceux qui précèdent.

31 — Assiette de même décor, mais très soigné.

32 — Assiette de même style.

33 — Assiette décorée de guirlandes de fleurs en camaïeu jaune et offrant au centre un médaillon polychrome représentant Cérès.

34 — Petit plat rond et creux décoré de guirlandes en camaïeu jaune et d'un médaillon polychrome représentant Orphée.

35 — Assiette décorée au fond d'un sujet en camaïeu
jaune, représentant une scène tirée de Don Quichotte,
encadrée d'ornements polychromes.

36 — Assiette décor polychrome, médaillon de paysage
avec figures au centre et au marli, ornements et
insectes.

37-39 — Quatre assiettes à décor bleu à blasons. Ce lot
sera divisé.

40 — Deux assiettes à décor bleu représentant des sujets
de chasse, d'après Tempesta.

41 — Assiette, décor polychrome à armoiries.

42 — Deux cache-pots en ancienne faïence de Moustiers
à anses à mascarons et décor polychrome à festons
de fleurs.

43 — Plat long à angles rentrants et arrondis, en ancienne
faïence de Moustiers, décor bleu, dans le style de
Bérain.

FAIENCES DE ROUEN & AUTRES

44 — Deux jolis cache-pots en ancienne faïence de Rouen,
décor bleu et rouille à sujets de style chinois. Ils
sont montés sur des pieds rocaille en bronze.

45 — Assiette décor bleu à armoiries au centre et lambrequins, draperies et fleurs au marli.

46 — Jolie théière en ancienne faïence de Strasbourg, décor polychrome à fleurs et monture en argent.

47 — Soupière oblongue et son plat en ancienne faïence de Strasbourg, décor polychrome à fleurs.

48 — Plat rond à contours en ancienne faïence de Savone à coquilles en creux, décor bleu à armoiries.

49 — Plat rond en ancienne faïence de Gênes, décor bleu à paysage et personnages.

50 — Soupière oblongue et son plat en ancienne faïence de Milan, décor de style japonais à fleurs.

51 — Tasse et soucoupe en ancienne faïence de Perse à décor émaillé.

PORCELAINES DE SAXE

ET AUTRES

52 — Sucrier et quatre tasses hautes en ancienne porcelaine de Saxe à fond d'or et décor de fleurs.

53 — Sucrier, pot à crème et tasse avec soucoupe en ancienne porcelaine de Saxe à imbrications bleues et médaillons de paysages avec personnages très finement exécutés. La tasse est fracturée.

54 — Quatre corbeilles ovales en ancienne porcelaine de Saxe à fleurettes en relief et à anses formées de branchages.

55 — Plat rond en ancienne porcelaine de Chine, décor en émaux de la famille verte à fleurs et ornements.

56 — Belle garniture de cinq pièces : potiches et cornets en ancienne porcelaine du Japon à décor laqué en relief.

57 — Petit socle carré en ancienne porcelaine de Mennecy, décoré de fleurs.

BRONZES D'AMEUBLEMENT

58 — Jolie pendule du temps de Louis XVI en marbre blanc sculpté représentant Vénus nue tenant deux colombes. Le socle est orné de perles et d'une torsade en bronze doré.

59 — Autre jolie pendule du temps de Louis XVI en bronze doré et marbre bleu turquin. Elle est surmontée d'une figurine d'enfant en bronze vert.

60 — Jolie petite pendule du temps de Louis XVI en bronze ciselé et doré au mat et marbre blanc avec socle en marbre griotte entouré d'une draperie. Elle se compose des figures de Vénus et de l'Amour.

61 — Lustre en cuivre de style vénitien, formé d'un vase découpé à jour entouré de dix-huit branches porte-lumières.

62 — Petite lampe en forme de vase en cuivre découpé à jour. Travail italien.

63 — Grand lustre en bronze du temps de la Restauration.

64 — Deux grandes lampes de même style.

BRONZES & ÉMAUX DE LA CHINE

65 — Grand brûle-parfums de forme oblongue à quatre pieds, à deux anses et à couvercle. Bronze chinois ancien.

66 — Deux flambeaux à larges bassins en bronze. Travail chinois.

67 — Deux vases en forme de balustre à paysages en relief. Bronzes chinois.

68 — Deux petits vases en forme de balustre en émail cloisonné de la Chine à fleurs arabesques sur fond bleu clair.

69 — Vase analogue à ceux qui précèdent, mais beaucoup plus petit.

BIJOUX & DIVERS

70 — Reliquaire sur pied à balustre en cristal de roche monté en filigrane d'argent doré. Époque Louis XIII. Dans un étui en maroquin doré au fer.

71 — Médaillon pendentif en or émaillé et perles fines orné de peintures églomisées. XVIe siècle.

72 — Autre petit médaillon en or émaillé et perles fines. XVIe siècle.

73 — Flacon en argent doré ornée de deux dragons et de deux nielles représentant des sujets mythologiques.

74 — Tabatière oblongue ornée de plaques simulant des nielles à sujets mythologiques.

75 — Deux boucles d'oreilles en or émaillé vert et perles fines. Travail italien du XVIIe siècle.

76 — Châtelaine en or gravé à trophées et fleurs. Époque Louis XVI.

77 — Etui Louis XVI en or guilloché et ornements ciselés dans sa gaîne en galuchat.

78 — Paire de ciseaux Louis XVI en or ciselé dans son étui en galuchat.

79 — Médaillon ovale en cristal de roche avec monture en argent. xvi⁰ siècle.

80 — Deux vitraux ronds à sujets de personnages. xvi⁰ siècle.

81 — Petit amorçoir en fer incrusté d'argent de style Louis XIII.

82 — Gros grain de chapelet en buis sculpté à trois têtes. xvi⁰ siècle.

83 - Petite croix du Liban en bois finement sculpté à sujets tirés de la vie du Christ et repercée à jour.

84 — Couteau pliant à manche en fer damasquiné d'or et d'argent à rinceaux et animaux. Epoque Louis XIII,

85 — Deux médaillons ovales en corne ornés chacun d'une peinture églomisée rehaussée d'or. xvi⁰ siècle.

86 — Couvert composé de trois pièces à manches en corne garnis en argent gravé et découpé; dans un étui en maroquin doré au fer. xviii⁰ siècle.

87 — Couteau et fourchette formant mutuellement gaîne
à manches en argent gravé et émaillé à fleurs et oiseaux sur fond blanc. Époque Louis XIII.

88 — Cuiller, couteau et fourchette à manches en jaspe et
montés en argent ciselé. Travail anglais du temps de
Charles III.

89 — Petite tabatière en ancienne porcelaine tendre de
Mennecy décorée de fleurs. Monture en argent.

90 — Flacon émaillé à ornements sur fond bleu. Monture
en argent. Travail moderne.

91 — Petite coupe ovale en onyx.

92 — Coffret formant tire-lire en certosine.

93 — Grand groupe applique en bois de chêne sculpté,
provenant d'un retable du xve siècle, représentant la
Mort de la Vierge.

94 — Six fauteuils en bois sculpté du xviie siècle.

95 — Six chaises en bois sculpté de même époque.

96 — Grande lampe d'église du temps de Louis XV, en
cuivre repoussé et argenté.

97 — Autre lampe en bois couverte de tissu argenté.

98 — Deux petits cabinets en bois noir à moulures et entrées de serrures en bronze doré.

99-102 — Dix-huit cadres italiens en bois sculpté conservant des traces de dorure. Ce lot sera divisé.

103 — Deux trépieds en fer pour braseros ou jardinières.

104 — Quelques armes telles que : pistolets, poignards, etc.

105-107 — Quelques bijoux en strass.

108 — Deux épées espagnoles à corbeilles gravées et à longs quillons droits.

109 — Grande figure de sainte femme debout, grandeur nature, en bois de chêne sculpté. xviie siècle.

110 — Groupe applique en bois sculpté, provenant d'un calvaire, composition de seize personnages. xvie siècle.

111 — Vase à anse de forme ovoïde à côtes, en cuivre rouge battu, portant des traces de peinture. xvi siècle.

112 — Grand lustre ancien en verre de Venise.

MEUBLES

113 — Borne de milieu de style Louis XVI, en bois sculpté, à fleurs et peint en blanc, couverte en cretonne. Elle est de forme ovale et d'assez grandes dimensions.

114 — Bureau plat de style Louis XV en bois noir garni
d'ornements rocaille en bronze.

115 — Grand meuble à deux corps, fermant à quatre
portes et à un rang de tiroirs, en bois de placage,
avec poignées et entrées de serrures en bronze. Époque
Louis XIV.

116 — Quatre divans en bois doré couverts en satin de
laine blanc.

TAPISSERIES & ÉTOFFES

117 — Grande tapisserie d'Aubusson, représentant une
scène de l'histoire de Tobie. Encadrement composé
d'ornements en couleurs sur fond jaune. Époque
Louis XIV.

118 — Fragment de tapisserie des Gobelins avec bordure
de fleurs et d'attributs.

119 — Tapisserie de la fin du xvi⁰ siècle, à sujet tiré de
l'histoire romaine et à bordure composée de figures
allégoriques et de fleurs.

120 — Petite tapisserie *verdure* avec bordure de fleurs.

121 — Autre tapisserie *verdure* avec encadrement de
fleurs et oiseau au centre du paysage.

122 — Belle tenture de chambre couverte de larges fleurs
arabesques brodées en rouge et brun sur fond blanc.
Époque de la régence.

123 — Grande tapisserie représentant un sujet tiré de
l'histoire d'Esther et d'Assuérus.

124 — Autre petit panneau en tapisserie.

125 — Morceau d'étoffe à fond bleu et larges fleurs en
couleurs.

126 — Morceau de Brocard fond vert et fleurs.

127 — Trois bandes et un col en guipure.

128 — Fort lot d'étoffes variées.

129 — Quatre beaux lambrequins en velours rouge
décorés de riches applications brodées en or.
Époque Louis XVI.

RED. :

22

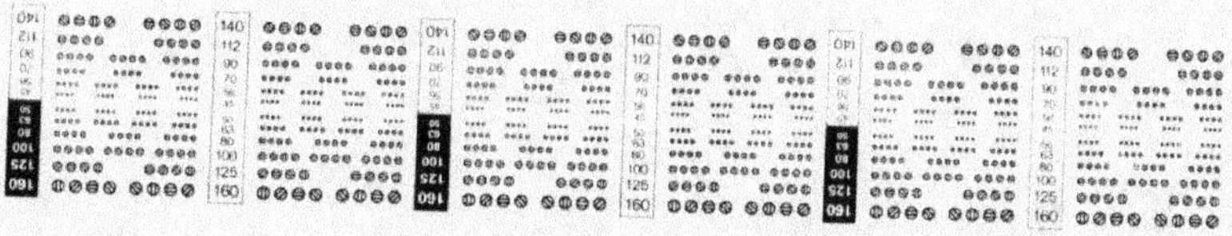